...ne 25

Collection Frivole

...E FEMME NUE

PARIS

Librairie des Éditions Modernes
34, Faubourg Saint-Martin

Une Femme nue

à la Caserne

GRAND'HALTE

UNE FEMME NUE

A LA CASERNE

PARIS
LIBRAIRIE DES ÉDITIONS MODERNES
34, faubourg St-Martin, 34

1921

LA CHUTE D'UN ANGE

Une cour de quartier c'est toujours grand et carré. On y trouve à terre du petit gravier, autour des bâtiments somptueux et dans un coin l'adjudant de semaine.

Or, celle de Saint-Crépin, ne différait point de ses sœurs, sauf que l'adjudant de semaine, à la minute exacte où commence cette histoire, venait de s'enfermer au bureau afin de se livrer dans la solitude à la douceur de l'injection au permanganate.

En revanche, il y avait du soleil et au centre le maréchal des logis Couleuvrine, rêveur et désœuvré.

Les bottes de Couleuvrine brillaient au soleil, et ces bottes, le margis les admirait, les tapotant amicalement d'une cravache flatteuse.

Soudain, au poste il y eut un grand bruit de vieille ferraille, de godillots légers écrasant le gravier, puis d'entre les grilles noires, surgit le képi rutilant du colonel.

Couleuvrine eut une minute d'ennui, parce qu'il se figura incontinent, que ce supérieur hiérarchique allait lui trouver sans tarder, une de ces petites occupations, dont il ne sentait point le pressant besoin.

Sa première idée fut donc de se défiler habilement derrière le premier abri, mais sa seconde idée le cloua immobile et nerveux à la place où il se trouvait.

Et cela, simplement parce que derrière le colonel, il y avait des dames.

Il ne fut pas le seul à noter ce fait extraordinaire, de toutes les encoignures fusait l'aveu étonné :

— V'là des poules !

Mais les galons du colonel suffisaient à faire évanouir tous les bourgerons écrus et les sabots élégants. Seul Couleuvrine résista.

Cet événement extraordinaire avait comme tous les événements extraordinaires une explication plausible.

Mistress Elisabeth Brickshole, la femme du milliardaire bien connu, Philipp Josuah Brickshole, était l'hôte pour quelques jours, de Madame Timinet, l'épouse légitime du grand chocolatier de Saint-Crépin.

Toutes les villes de Province n'ont pas un Louvre ou un château de Versailles à offrir à leurs visiteurs. A mistress Brickshole, on fit examiner la mairie, la Sous-Préfecture construite en style ionique, l'urinoir municipale pourvue de tout le confort moderne. Bref la visite de la caserne s'imposait.

On vint en troupe, les légitimes de messieurs les officiers et de quelques fonctionnaires, civils en dehors de leur bureau, firent cortège à la milliardaire blonde et par surcroît américaine. Et le colonel, comme aux grands jours de la guerre, prit bravement la tête de la colonne.

Voici donc expliquée l'irruption spontanée et simultanée de tant de gentes dames dans la cour d'un quartier plus habituée à être foulée par l'escarpin vernî et clouté du soldat français.

Mais en arrivant dans cette cour, le colonel pour la première fois de sa vie trembla. Du côté de Couleuvrine, il jeta un regard inquiet, puis ce regard devint paternel, pour compter son joli bataillon. Dans sa moustache blanche, il émit sa pensée, avec sincérité :

— Pourvu que ce bougre-là n'approche pas, ou il m'enlève une de mes femmes... Et je suis responsable, nom de nom !

Habile, il esquissa une conversion à gauche,

afin de mettre plus de terrain, « no man's land » entre l'ennemi et sa troupe enjuponnée.

Mais il avait compté sans l'hypocrisie rusée des dames.

Madame Timinet poussa du coude mistress Bessie et lui indiquant Couleuvrine, souffla :

— C'est lui !

Mistress Brickshole devint très rouge devant ses yeux couleur de pervenche en fleur, elle ajusta son face-à-main, et murmura :

— Oh dear !... c'est cela Couleuvrine... Je pense que je ferai sa connaissance...

— Un héros, il a la croix de guerre et la médaille militaire, ponctua madame Petitperthuis, l'épouse du pharmacien.

— Il a encore mieux fait avec moi, pensa madame Sapercé, la femme de l'entrepositaire des tabacs.

Le colonel, le geste large, montrait la belle ordonnance des bâtiments qui se tenaient raides, à l'alignement. Il expliqua, qu'il y avait beaucoup de fenêtres, afin que ça ne sentit pas trop mauvais à l'intérieur. Ce qui, du reste, ne servait à rien.

Mais en même temps, il guignait le margis et entre deux explications, grondait :

— S'il approche, j'le fous dedans...

Les hommes de garde avaient peureusement réintégré le poste, les dragons épars émis les encoignures, avaient disparu comme aspirés en des régions inconnues par une pompe mystérieuse et puissante.

Seul, Couleuvrine, sans peur et sans reproche, esquissait un pas espagnol au centre de la cour.

Les visiteurs, rassasiés de la vue des bâtiments rectilignes, avaient pénétré dans un couloir. De là, ils passèrent dans un autre couloir, puis dans un troisième couloir. On ne peut se figurer combien il y a de couloirs dans une caserne bien ordonnée, c'est à croire que les pièces sont là uniquement pour remplir les vides.

Les dames traînaient la patte et affirmaient, sur des tons aigus, que tout cela était joli, joli, tout plein. Mais in-petto, elles se disaient qu'il serait bien plus rigolo de voir des dragons tout nus.

Lorsque le cortège féminin se fut engouffré dans les profondeurs de couloirs, le margis sentit en lui une angoisse insurmontable, quelque chose, comme l'appel de la Nature ou le besoin d'une miction immédiate. Il s'en fut donc droit vers les bâtiments.

Il n'eut pas besoin de chercher, son flair indéfectible, le mettait toujours sur la trace du jupon voltigeur.

Sur la pointe de ses bottes molles, à l'instar de l'assassin prêt à faire le coup du père Françals, il s'élança à travers la pampa des corridors.

Et des dames l'aperçurent, le reconnaissant de loin, à sa silhouette souple, au mince galon d'argent, à sa moustache noire. Cela les incita sur-le-champ, à ralentir leur marche.

Parmi ces dernières se trouvait, par le plus heureux des hasards mistress Brickshole. Elle eut de brusques battements de cœur, ses nichons frétillants sautèrent sous la robe soyeuse et ses lèvres s'humidifièrent doucement.

Cependant, toujours sous la conduite du colonel, on monta au premier étage, qui était encore bien plus beau que le rez-de-chaussée.

Le margis monta aussi ; du reste il en avait l'habitude, c'est même ce qui avait beaucoup contribué à sa réputation dans Saint-Crépin.

Mais, soudain, à une bifurcation malicieuse, il se buta à une gente promeneuse, dont le lacet s'était opportunément dénoué.

Galant, régence, distingué, Couleuvrine tomba un genou en terre et feignit de vouloir renouer le lacet insouciant.

Seulement, un peu au-dessus, il y avait une cheville, et cette cheville, le margis la caressa doucement, sans penser à mal, d'une main dolente.

Puis il se dit qu'il n'y avait aucune bonne raison, pour qu'il n'agit point de même à l'égard de la jarretière.

Les doigts agiles grimpèrent plus haut, toujours plus haut : *quo non ascendam* !

Une voix flutée soupira :

— Oh dear ! ...mais vous me chatouillez !

Il fut benoit pour affirmer :

— Je ne demande pas mieux !

La vérité est qu'il poursuivait une besogne occulte et mystérieuse, décrite tout au long dans les livres de magie noire.

La même voix gazouilla :

— Oh ! god gracious !... Je tournais en liquéfaction !

Cet euphémisme délicat, toucha le margis au plus profond de son cœur. Il sentit trépider en lui ce cochon, qui jamais ne sommeillait.

Il se releva donc et sans peur reçut sur ses boutons nickelés, les nichons palpitants de mistress Brickshole.

Ses mains en même temps s'appuyèrent sur une croupe charnue, qui lui fut un sérieux levier. Et ainsi, grâce à des biceps entraînés et à une habileté native, il souleva mistress Bessie à vingt centimètres de terre, c'est-à-dire, suffisamment pour l'emporter en une chambre voisine.

Cette pièce s'ornait d'un éclat de glace biseautée et de quatre lits chastes, tendus de couvertures brunes d'une élégance spartiate.

Mistress Brickshole n'en crut pas moins

pénétrer au paradis ou séjour des trente-six voluptés.

Sur l'une de ces couvertures gouvernementales et poussiéreuses, il posa délicatement d'abord l'arrière-train de la milliardaire et ensuite le reste.

Napoléon l'a dit lui-même, quand on tient l'ennemi sur un matelas, il faut le pousser à fond. Couleuvrine manœuvra en bon stratège.

Les doigts légers il enleva un chapeau inutile. Puis il tourna un peu la dame sur le flanc, afin de décrocher une robe folâtre et un jupon soyeux fleurant la violette ou le Premier oui oui !

Mistress Brickshole en virant, faisait : oh ! oh ! mais à part cela n'offrait qu'une défense illusoire. Elle était si faible, la pauvre ! auprès de ce gentilhomme de cape et d'épée.

Ce fut donc la cause qu'elle apparut soudain en pantalon. Une large dentelle couvrait son genou rond, un pan de chemise tirebouchonné, tendait une pointe audacieuse. Deux nénés rigoleurs et qui ne devaient rien à personne, passèrent par dessus bord d'une chemise ornementée de rubans amarantes.

Ces nénés-là, Couleuvrine les prit dans la main, parce qu'il ne voulait pas les laisser traîner. Aussitôt, il se livra sur eux à une étude approfondie de leur conformation épidermique et épithéliale.

Le résultat de cet examen qui l'obligeait à promener sa moustache, sur une fraise mûre, fut que mistress Brickshole recommença à faire :

Oh ! oh ! puis ouille ! ouille !

Ce qui en américain signifie : » Laissez moi, monsieur, je suis une honnête femme. »

Mais le margis ne connaissait d'anglais, qu'une vêture imperméable et protectrice. Il continua donc, avec une insouciance enfantine.

Le pantalon glissa, comme sait glisser un pantalon qui n'est plus retenu que par les bons sentiments.

Et Bessie montra ses cuisses, à l'instar d'une statue antique. Oh ! de belles cuisses rondes, charnues, blanches comme lait de génisse, veinées d'un bleu aristocratique ou de Prusse.

Couleuvrine sourit d'attendrissement, sa moustache redevint passionnée et curieuse. Et la milliardaire surprise sans nul doute, murmura :

— Oh ! la ! la !

Ce qui veut dire : » Otez votre main de là, ou je le dis à mon père. »

Encore une fois, le margis resta insensible à ces conseils de haute sagesse. Il cherchait quelque chose, mais quoi ?

Bref, pour faciliter sa tâche, la chemise de linon passa par dessus la chevelure dorée de mistress Brickshole.

Celle-ci épouvantée, reconnut avec ingénuité :

— Oh ! my god !... Je suis toute nue !... bare like a fish !

Cependant, elle se tut très vite, ses yeux bleus devenaient violets, à cause de la terreur probablement, en fixant Couleuvrine imperturbable.

Elle eut une exclamation candide qu'il est impossible d'exprimer en langage ordinaire. En usant de la langue hermétique des temples chaldéens, nous dirons seulement que Bessie s'écria :

— Oh ! monsieur le militaire, comme vous avez un grand sabre !

Il y eut un silence comme tous les silences, avec un peu de bruit autour. La couverture brune ploya sous l'amertume, des ressorts gémirent avec mélancolie, on ne sut jamais pourquoi.

Mistress Prickshole chuchota :

— Oh ! there's a good boy !... Les Français nous avaient déjà donné La Fayette et les pommes de terre frites... Et maintenant !... ...Comment payer jamais !

Lentement la plainte des ressorts s'éteignit, en un râle prolongé.

La chambre de sous-officier au 99e dragon, avec ses quatre lits chastes et son morceau de glace biseautée, était le paradis aux trente-six voluptés. Pas une de plus, pas une de moins.

Mais comme dans les mélodrames, soudain retentit en les profondeurs insondables du couloir, un cliquetis d'éperons. Une voix, assurément habituée au commandement, criait :

— Couleuvrine ! Couleuvrine !

Le margis proféra une exclamation guerrière et pour la compréhension du vulgaire, ajouta :

— V'la l' colon !

Aussitôt il fut correct dans ses bottes, le dolman pincé l'œil grave, pour se présenter dans le corridor :

— Voilà ! mon colonel !

Seulement, il avait eu la précaution, avant de sortir, de cacher judicieusement, les pièces à conviction. C'est-à-dire, que d'un coup de pied nerveux il avait envoyé robe, jupon et chemise sous un meuble qui faisait semblant d'être une armoire. De deux bras vigoureux, il avait saisi mistress Bessie toute nue pour la déposer sur le plancher, mais sous le lit.

Néanmoins, il ne coupa point à la petite besogne anodine et superflue dont la vie militaire est pavée.

Bien mieux le colonel l'entraîna avec lui au rez-de-chaussée. Mais tout en descendant les vastes escaliers, il formulait dans sa moustache blanche :

— C' qu'il a bien pu faire de ma visiteuse, l'animal !

En vérité, il n'ignorait point l'usage que le margis avait pu faire d'une dame seule, toutefois il aurait souhaité qu'il la rendit après emploi.

La réponse à cette question primordiale restait difficile à deviner, Couleuvrine cachait ses pensées intimes sous le masque du respect.

Mais il se disait qu'il avait abandonné sous un lit une femme nue et cela lui déplaisait.

Ce souvenir le chagrinait, en effet, pour plusieurs raisons. La première était qu'elle risquait de prendre froid et une dame avec un coryza c'est comme un baton de poulailler, on ne sait par où l'attraper. La deuxième raison était qu'il y avait une utilisation beaucoup plus normale d'une femme nue, que de la laisser traîner sous un lit de sous-officier. Enfin, les quatrième, troisième, cinquième raisons, jusqu'à la douzième inclusivement, sortent du cadre de cet ouvrage, récit naïf et sincère de la chute d'un ange.

Cependant lorsque l'ange a chuté il se relève, c'est ce que fit mistress Elisabeth Brickshole, nous allons voir comment et par quels moyens subtils.

LA RECHUTE D'UN ANGE

Or, Caramel en sabots distingués et le calot sur l'oreille surveillait d'un œil circonspect la queue d'un certain nombre de chevaux généralement mal éduqués.

Si l'un d'eux, se hasardait à déposer trop rapidement sur le pavé glacé, un de ces résidus dorés que le dictionnaire appelle le « crottin », on ne sait trop pourquoi, Caramel s'élançait et dans l'abdomen tendu du délinquant envoyait un coup de sabot en affirmant :

— Enfant d'salaud !

Sa juste colère apaisée, il revenait nanti d'un balai aux fibres rigides et d'une pelle. Précautionneusement, il ramassait l'objet du litige.

Mais si le quadrupède avait le mouvement

pondéré, s'il soulevait la queue doucement, comme un honnête cheval, Caramel accourait avec sa pelle et recevait en icelle le précieux engrais. Ensuite il avait une tape amicale pour la croupe du frère inférieur et le complimentait :

— T'es un bon cochon ! J'le dirai à la cantinière, qu'est une bonne cochonne !

Hélas, dans l'écurie, au moment où commence cette histoire véridique, des petits tas pailletés d'or s'alignaient en une file réglementaire et bien ordonnée.

Caramel avait perdu ses esprits ; il méprisait la pelle et le balai.

Bien mieux, il se grattait la région occépitale de la sénestre et la fesse de la dextre, ce qui signifiait qu'il réfléchissait. Enfin il conclut, avec extase :

— Tout c'tas d'poules dans les chambrées, nom,.. de D... !

Cette supposition lui donnait des visions paradisiaques et des rêves aphrodisiaques.

Il ne put résister à l'empire des sens et abandonna sans remords, le poste glorieux de garde d'écurie.

Il fila par le premier corridor qu'il rencontra sur son chemin. Mais il est bien rare qu'un corridor ne mène point à un autre corridor. D'où il résulte que de corridor en corridor,

Caramel arriva juste sur les traces des dames parfumées.

Les narines épanouies, il palpitait :

— C'est sûrement des bath poules !... et pas d'la viande à cochons !

Mais il avait aussi de la timidité, mêlée à une certaine terreur de la discipline qui fait la force principale des armées. Et à cause de tout cela, il fut obligé de se contenter de renifler, ce qui est un plaisir incomplet.

Il marchait donc lentement avec le cœur battant d'un jouvenceau et l'œil brillant d'un paillard muri dans la débauche. Ainsi, la troupe disparut pour se perdre en des profondeurs insoupçonnées où ça fleurait la botte chaude et la sueur de mâle. Evidemment les dames palpitaient, mais Caramel ne palpitait pas du tout, il se voyait isolé comme le lépreux qui se desquame.

Pourtant les sabots à la main, ses fins pieds sur les planchers raboteux, il poursuivait mélancoliquement sa route.

Et soudain, il s'immobilisa, la prunelle égrillarde et la lippe rigolarde. Il entendait des bruits de sommier.

Académique et papelard, il souffla :

— Ca c' t'une affûre !... S'il en restait un peu pour moi ?

Son oreille en cornet de frites s'appliqua contre la porte et il perçut des mots galants :

— Oh ! oh ! ah ! ah !... etc...

Par malheur des bottes éperonnées martelèrent brusquement les planches du couloir. Caramel frémit ; au son, à l'intuition, il reconnut un pas d'officier.

La croupe frissonnante, le jarret agile, il fila vers la cloison d'en face, et du nez appuya sur un huis qui s'ouvrit.

La Providence qui veille spécialement sur les paillards du 99è dragon, voulut que la pièce où entra le cavalier de deuxième classe Caramel fut vide comme un cerveau d'académicien.

Alors, derrière la porte, narquois et rassuré, il écouta. Une voix fort reconnaissable, tonitruait :

— Couleuvrine ! Couleuvrine !

Dans le creux de ses sabots, pour ne pas faire de bruit, le dragon rigola :

— C' t'encore c'salaud là... qui... !

Il recommença à écouter et entendit le margis s'éloigner en compagnie du colonel Pourtant, il n'osa sortir encore, sa logique lui assurant que derrière le colonel devaient venir les dames parfumées

En cela il se trompait, celles-ci étaient redescendues par un autre escalier ; mais ce détail, il aurait fallu pour le deviner, le don de seconde vue que Caramel ne possédait pas au plus infime degré.

Cependant le silence persistait, angoissant, terrible, tragique ; le dragon à force de l'écouter en avait un poinçon au ventre. Et alors, inquiet, troublé, il glissa l'avant-main par l'entrebaîllement de la porte.

En réalité, un véritable drame, autant psychologique qu'autre chose, venait de se jouer non loin, en la chambre de Couleuvrine.

Mistress Prickshole, après avoir contemplé durant deux minutes, le dessous d'un sommier rêva d'autres horizons.

Elle vira d'un quart de tour environ et jeta sur l'ensemble de la pièce un regard scrutateur et timide, le même regard que celui du veau atteint subitement de dysenterie au milieu d'un champ de luzerne.

La solitude la tranquillisa, et souriante elle glissa un peton en avant, puis un autre. Enfin doucement, histoire d'avancer, elle frotta son derrière sur le plancher rugueux.

Ainsi elle atteignit l'espace, la liberté, en l'occurrence, un pied carré de chambre. Alors elle se dressa, souveraine et impavide.

La main caresseuse, elle palpa son arrière-train rougi par le contact du bois réglementaire, ensuite, elle regarda son nombril et sans crainte de se tromper, reconnut :

— Dear me !... Je suis 'core toute nue !... bare like a blade !

Cette constatation la rendit nerveuse, sa

conscience la poussait à réclamer ses vêtements. Ardemment, elle désira, comme une enfant ingénue : sa petite chemise, son pantalon item et sa robe soyeuse. Hélas, tout cela avait disparu, happé par la main de l'Invisible, la main qui étreint !

Mistress Bessie s'inquiéta :

— Horrid !... Je n'ai même pas mes jarretières !

L'âme émue, le ventre froncillé par la peur, le nichon sautillant, elle s'en fut vers la porte, dans l'espoir illusoire de retrouver au moins Couleuvrine.

Prudente comme Eve guignant le serpent, elle franchit le seuil.

Hélas derrière elle, à cette même minute, un huis s'entrebaillait et la face curieuse de Caramel se dessinait dans la pénombre. Tout d'abord, le dragon, quoique valeureux, en tomba assis sur le croupion, les paupières plissées par la rigolade.

Des philosophes affirment qu'il y a des races qui n'ont pas vu la lune. Les pauvres ! Le soldat Caramel avait sans contredit sur elles cette supériorité notable : il voyait la lune, tout comme l'astronome de la Place Vendôme.

Ce spectacle inouï, réveilla aussitôt dans l'esprit du dragon, cette science de la stratégie,

que tout soldat français porte en sa giberne, à côté du bâton de maréchal.

Sournois et rigoleur, il avança doucement, doucement et du bout du doigt referma la porte derrière mistress Brickshole. Pour s'excuser, il rugit :

— Oh ! c' sale vent, tout d'même !

La dame affolée se mit les mains sur les nichons afin au moins de cacher quelque chose et hoqueta :

— Oh ! Seulement un timbre pour me couvrir !

Caramel enroula un bras sinueux autour de la taille grassouillette et promit :

— Bougez pas, j'vous prêterai une paire d'éperons !

Contre le mur, il poussa l'adversaire. Elle s'étonna :

— Oh my... ! Qu'est-ce que cela ?

Il la tranquillisa bonasse et protecteur :

— Bougez pas, c'est l' Saint-Esprit !

L'admiration fit suite à l'étonnement :

— Marvellous ! Splendid !... Tous ces soldats français !... big swords !

Ensuite, elle se demanda combien il y avait de soldats dans un régiment. Ce calcul l'occupa et la troubla. Elle gémit :

— Ah ! ah ! oh ! oh ! hi ! hi !

Ce qui en américain signifie :

— Monsieur faites donc comme chez vous !

Pourtant, même les calculs les plus ardus ont une fin et Mistress Prickshole arriva au bout du sien le front couvert de sueur et le cerveau en émoi.

Elle avait aussi les joues rouges et la prunelle humide, ce qui est le double symptôme de la fatigue intermusculaire.

Mais le calme revenu, tandis que Caramel remettait son calot et souriait béatement, elle pensa à ses vêtements.

Prolonger son état de nudité lui parut immédiatement dangereux et la voix câline, exposa son trouble à Caramel :

— Je vous donnerai beaucoup des dollars, si vous retrouvez mon vêtement.

Il rabattit son calot sur l'oreille gauche, se gratta les cheveux, hocha la tête et osa :

— Dame ! ça s'peut... comme ça s'peut pas, mais enfin ça s'peut tout d'même ! Voire...

Son astuce naturelle lui révélait que la vêture espérée ne pouvait être autre part que dans la chambre de Couleuvrine, mais il aimait faire priser ses services.

Avec la mine de Sherlock Holmes, et en reniflant très fort, il pénétra dans la pièce. Au premier coup d'œil, il eut la conviction que nul costume féminin ne reposait sur les meubles, il fallait donc voir dessous, ce qui est aussi une situation enviable.

En décomposant, il se mit à plat ventre et à l'instar d'un cobra circula en rampant.

Et soudain, en un coin sombre, il distingua une boule floconneuse qu'il attira à la lumière. C'étaient bien le petit pantalon, la petite chemise, le petit jupon, la petite robe de soie, le petit chapeau... tout cela enduit de la poussière millénaire et militaire de la caserne de Saint-Crépin.

Oubliant la légèreté de sa tenue, mistress Brickshole bondit d'une joie juvénile :

— C'est loui ! C'est mon vêtement !

Le geste respectueux Caramel dénoua les linons et les soies. Puis, ayant le mouvement doux d'une camériste à passions secrètes, il glissa la transparente chemise sur les épaules dodues de Bessie. Ensuite, il eut la prétention de boutonner sur la hanche la vaporeuse culotte.

Les forces de l'honnêteté et de la décence ont des limites, Caramel sombra dans la plus fougueuse exaltation. La langue bourbeuse, il hoqueta :

— Oh ! mon coco... dis rien... mais montre moi que tu m'aimes !...

Comment résister à si humble prière ?

Il s'ensuivit des bruits divers.

Cependant mistress Brickshole parvint à se rhabiller, même elle descendit au rez-de-chaussée et dans la cour retrouva la troupe

LA RE-RECHUTE D'UN ANGE

La comtesse de Presfez avait autour de sa table, réuni en un dîner intime, quelques amis en l'honneur de mistress Prickshole.

A l'Américaine on avait montré la mairie, la sous-préfecture, l'urinoir municipal et la caserne. Il ne restait plus que de lui présenter en liberté le principal sujet d'orgueil des Crépineuses ; j'ai nommé le maréchal des logis Coulequvrine.

Pour cela aucun officier n'avait été invité, à cause des barrières infranchissables de la hiérarchie. Il n'y avait, du reste, outre Bessie, que monsieur et madame de Lamottemoussue ; la chanoinesse de Cacenoy qui avait cinquante ans et sa virginité ; monsieur Panatipurulent, professeur de philosophie.

Au milieu de ces représentants des deux sexes, Couleuvrine dominait incontestablement. Même la chanoinesse de Cacenoy, rêvait de perdre dans ses bras et avec éclats une innocence que la vêtusté commençait à préserver.

La chère fut délicate, les vivres parfumés, monsieur le professeur de philosophie s'en mit jusque là et madame de Lamottemoussue cacha un baba au rhum dans la poche de son jupon de dessous.

Mistress Brickshole ne mangea que fort peu, une nervosité inaccoutumée comprimait son estomac et elle pensait à son heureuse après-midi, lorsqu'elle était toute nue, sans même ses jarretières.

Cette réminiscence amenait souvent à ses joues nacrées des rougeurs furtives, que l'espoir chassait bien vite, pour la remplacer par une pâleur anxieuse.

Couleuvrine avait une solide habitude des usages du monde, pourtant, en cette occasion, il hésitait sur un point protocollaire et important : la maîtresse de maison d'abord ou l'invitée ? Cruelle énigme !

Au salon, la chanoinesse se mit au piano pour chanter une de ces vieilles chansons pleine de poésie, comme :

J'ai du bon tabac
Dans ma tabatière...

Le professeur de philosophie se perdit dans un fauteuil profond, où une digestion laborieuse l'incita au sommeil. En français : il en écrasa un brin.

Monsieur et madame de Lamottemoussue, toujours alertes dévoraient des petits fours.

La comtesse de Presfez jugea le moment venu de jouer son rôle de maîtresse de maison. Elle entraîna le margis et mistress Bessie dans un salon voisin, sous le prétexte fallacieux de leur montrer des portraits de famille. Pudique, elle les abandonna devant un album rempli de caricatures.

Aussitôt, mistress Prickshole entoura de ses bras blancs le col de Couleuvrine et soupira, candide :

— Oh ! Je voudrais encore... être tout nu !

— Qu'à cela ne tienne ! acquiesça le margis bienveillant. Et les mains agiles, il débarrassa l'ingénue de tout ce qui pouvait gêner son plastique.

L'audace en toutes choses était sa qualité première.

Bessie se contempla dans une glace et soupira :

— Si on me voyait ainsi sur la sixième Avenue !

Le margis la pinça par un grain de beauté qu'elle portait coquettement sur la cuisse gauche et de cette façon l'attira sans effort jusqu'au canapé.

Bessie émue susurra :

— Oh darling ! hi ! hi ! hi !

Couleuvrine continua et mistress Pricks-hole reprit :

— Oh ! oh ! oh !

Le margis poursuivit et la milliardaire s'écria :

— Ah ! ah ! ah !

C'était le point culminant de la discussion. Comme vous l'avez deviné, ils parlaient métaphysique et à l'encontre de ce qu'affirme Voltaire, ils se comprenaient. Ce sont des choses qui arrivent.

Mais la comtesse n'était pas loin évidemment. Elle avait juste été égayer de sa présence la réunion paisible de ses autres invités.

Ne pouvant supposer qu'une dame de ses amies pût se dépouiller de sa chemise en l'un de ses salons, elle se contenta de tousser assez fort à la porte avant d'entrer.

Mistress Brickshole bondit, la terreur faisait trembler ses nichons : quivering like Jelly.

— Oh ! dear !... mais je suis tout nu... comme un verre de lampe, soupira-t-elle.

Couleuvrine s'en rendait compte, et le temps pressait. Mais jamais un sous-officier du 99e dragon ne perd son sang-froid, même dans les circonstances les plus critiques.

La main sûre, il ouvrit une porte derrière lui et poussa Bessie tremblante, frissonnante, nue et parfumée dans l'obscurité d'une chambre inconnue.

Hélas cette chambre était un couloir... mais il ignorait. Du talon, il avait repoussé sous le sopha les vêtements encombrants, dépouilles opimes de la vaincue.

La comtesse de Presfez entra, la lèvre purpurine, l'œil égrillard et la narine ouverte. Mais elle ne vit rien et sentit moins encore. Elle s'étonna :

— Tiens où est cette chère amie ?

Le margis la prit à la taille et l'attira sur son genou :

— Faire pipi, chérie !

— C'est juste, reconnut la bienveillante comtesse.

Mais en même temps Couleuvrine réfléchissait, il se disait qu'il serait fort heureux de comparer les galbes de ses deux conquêtes.

Ses mains habiles s'acharnèrent sur des agrafes, des boutons, des pressions et finalement sur des pointes de nénés.

Bref, madame la comtesse de Presfez, fut elle aussi, nue à l'instar d'un verre de lampe, qui aurait eu des cheveux noirs et des nichons pépères.

La discussion métaphysique reprit, ardente, violente, exaspérée. Chacun emettait ses théories, le sopha arbitrait du crissement de ses ressorts.

Ils s'entendirent certainement, car madame de Presfez conclut avec sincérité :

— Chéri, t'es un as !

Mais à cette même seconde, elle sursauta : on grattait à la porte :

— On vient ! gémit-elle apeurée.

Couleuvrine eut un sourire supérieur, maintenant, il connaissait le mouvement et n'avait plus d'hésitation. Et d'une main ferme, il ouvrit la porte derrière lui et poussa madame de Presfez émue dans la nuit de l'inconnu.

L'autre huis s'était écarté et la frimousse mutine de madame de Lamottemoussue surgit :

Couleuvrine cette fois s'essuya le front avec angoisse :

— Encore !

Mais le devoir l'appelait, d'un bras tendre, il enroula doucement la taille souple de l'arrivante et comme précédemment, assit sur son genou, le propriétaire de la taille souple.

Bref la scène précédente se répéta avec exactitude, et ils en étaient à la conclusion de la discussion, lorsque la porte trembla sous la poussée de monsieur de Lamottemoussue repu de petits fours.

Et Couleuvrine encore une fois, sauva la coupable, en la rejetant dans les ténèbres fantastiques d'un long couloir.

Cependant, il eut un sourire de tranquillité lorsqu'il reconnut que cette fois, nul jupon ne venait le harceler.

Il offrit un havane à monsieur de Lamotte-moussue.

LA RE-RE-RECHUTE D'UN ANGE

Pour quelques-uns la fortune vient en dormant, pour Caramel, elle était venue de tout autre manière.

Joyeuse d'avoir retrouvé la décence à l'intérieur de sa robe de soie, mistress Bessie avait fouillé dans son sac en peau de kinkajou et en avait extrait une poignée de vagues papiers bleus signés par le caissier de la Banque de France.

Son geste fut charmant pour glisser cela dans le bourgeron de Caramel.

Abêti par l'opulence soudaine, il redescendit au rez-de-chaussée et les jambes flageolantes regagna l'écurie, dont une autorité prudente ui avait remis la garde.

Là, il s'effondra sur le tas de fumier, et les narines énervées, fouilla ses poches.

Autour de lui flotta un nuage azuré. Vrai, il y en avait partout, même parmi les crottins fumants. Les yeux blancs, il avoua :

— Ben mince alors !

A peine avait-il prononcé ces paroles fatidiques que surgirent par toutes les ouvertures, voire les plus étroites, des bourgerons et des sabots ayant la prétention de vêtir des dragons.

On ne sait jamais comment les nouvelles se propagent, toujours est-il que tous les habitants de la caserne semblaient au courant de l'heureuse fortune de Caramel.

Et de dessous de tous les bourgerons jaillit un cri unique :

— Tu payes un litre ?

Caramel prit sa mine hautaine, celle des jours où il était saoul et souverain laissa tomber :

— Evidemment !

Des mains se tendirent bienveillantes autant que quémandeuses :

— Donne j'va l'chercher !

Et dans toutes ces mains Caramel déposa un billet bleu, en recommandant :

— Tu m'rapporteras la monnaie, enfant d'chameau !

Ainsi, en une suite régulière et symétrique,

arrivèrent une douzaine de litres, portée par vingt-quatre bras vaillants.

Caramel ouvrit de grands yeux réjouis :

— Ben on va prendre une muffée !

Vous savez comment se boit un litre, eh bien multipliez par douze et vous saurez comment se boivent douze litres.

L'efficacité d'un semblable régime se manifesta très rapidement. Des hommes rubiconds et vainqueurs surgirent dans la cour et eurent la prétention de taper sur le ventre au lieutenant. D'autres plus circonspects avaient gagné le moelleux d'une paillasse quelconque.

Seul Caramel, la lippe amère et l'œil terne, gisait sur le tas de fumier de l'écurie. Il gémissait :

— Cochon d'métier, v'là qu' j'ai faim et c'est l'heure de la soupe !

Il passa la langue sur ses lèvres gourmandes et la paupière plissée de concupiscence :

— J' boufferai bien quéquechose de fin, qui m' dégraisserait la gueule !

Il se souvint que sa poche encore était bourrée de coupures multicolores et crasseuses. Ce lui fut une révélation d'en haut. Son sourire s'épanouit, son regard se voila d'une larme de bonheur. Il avait trouvé.

Quand on est saoul, il y a toujours un copain qui l'est moins que vous. C'est reconnu, d'une vérité incontestable.

Caramel trouva donc le copain moins saoul et l'achetant d'un pot de vin honteux, lui confia l'écurie, les chevaux et le crottin. L'âme sereine, il s'en fut se mettre en tenue.

La garde qui veille à la porte du quartier est sujette à erreur ; Caramel passa inaperçu et gaillard. La démarche assurée, le cerveau plein d'idées joyeuses, il s'en alla par les rues. Mais il répétait tenace et convaincu :

— Y a pas d'bon Dieu, faut que j'mange quéquechose qui dégraisse la gueule.

Et il râpait une langue pâteuse contre ses dents acérées.

Encore une fois la lumière d'en haut vint l'éclairer. Soudain il pensa à Victorine, la femme de chambre de la comtesse de Presfez. Victorine était une payse, sans nul doute.

Le ceinturon tendu, le calot batailleur, il sonna à la porte de service de la seigneuriale demeure. Victorine vint ouvrir et candide lui sauta au cou.

— Mon Caramel, mon chéri !

Il la repoussa, les bagatelles sentimentales ne pouvaient avoir d'influence sur son cœur, quand son estomac réclamait la pâture. Cela, il l'expliqua en termes congrus et Victorine comprit, parce qu'elle était pleine d'amour.

Justement il y avait un dîner somptueux chez la comtesse, Caramel en partagea donc les reliefs en compagnie du personnel mâle et femelle.

S'il était un peu saoul en se mettant à table, il l'était bien davantage en sortant. Et je vois là, une des raisons pour lesquelles, sous les narines frissonnantes de Victorine et de la cuisinière, il retira les godillots qu'un Etat prévoyant lui fournissait. Ensuite il enléva son dolman et se jugea plus à son aise pour les jeux de l'amour.

Dès lors, il devint égrillard et ses mains audacieuses se glissèrent dans l'entrebâillement d'une jupe que Victorine agrafait par derrière.

Victorine poussa des petits cris et se sauva. Elle avait raison, on ne fait pas ça devant le monde.

Caramel plein d'une amoureuse impatience s'élança sur ses traces. Dans l'obscurité d'un couloir il la rejoignit et le verbe rêveur ordonna :

— Victorine !... Bouge pas !...

Elle s'immobilisa ; c'était son devoir.

Satisfait, heureux, Caramel rigola :

— Sacré Victorine va !

Et sur la croupe il lui donna une claque amicale. C'était la conclusion et le remerciement d'une petite distraction de quelques minutes. Mais la soubrette avait de la prudence, elle proposa :

— Si qu'on s'en allait ?

Têtu, il refusa :

— Non ! Na ! J'veux encore !

Cette menace l'effraya, elle craignait la surprise d'un maître curieux. Ces choses là arrivent. Peureuse, elle répéta :

— On s'en va ! pas ?

Et elle fila lestement, silencieusement. Le dragon tenait à ses idées, il aimait les amusements répétés. Le cerveau bourré de pensers égrillards, il s'élança sur les traces de la fugitive.

Soudain, dans l'obscurité, il la distingua encore. Il eut un bon rire de poivrot :

— Sacré Victorine !

Il leva une dextre solide, et pan ! il envoya une gifle monstrueuse sur ce qu'il croyait la croupe de l'amie. Ca résonna, grands dieux ! comme un coup de marteau sur l'enclume, Caramel en fut éberlué. Le nez tortillé, la bouche tordue, il s'enquit :

— T'as donc l'vé t'ch'mise, s'cré femelle ?

Près de lui une voix douce flûta :

— Oh ! my ! pourquoi vous me fessez ?

Il comprit s'être trompé et eut honte de sa brutalité :

— Ma pauv' dame fallait m'dire qu'c'était pas Victorine. Sur elle on peut taper, l'a l'croupion aussi dur qu'un crocrodille !

De sa paume râpeuse, il caressait l'arrière-train endolori. La voix dans la nuit, laissa tomber les paroles du pardon :

— Ca fait rien !

Il fut content comme tout, même il rigola, Encore, il ordonna :

— Bouge pas !

Le silence tomba lourd comme un manteau de plomb, angoissant à l'instar d'un lavement. La dame ne disait rien, elle soufflait seulement très fort.

A nouveau Caramel se tordit :

— Ben ! En v'là une bonne ! pas vrai ?

Mais près d'eux, un bruit léger se fit entendre. Mistress Brickshole, car c'était elle, sentit à son plexus solaire les tressaillements de la crainte, et elle s'enfuit dans la nuit mystérieuse.

Mais Caramel ne l'entendait pas ainsi. Il se fâcha :

— 'tendez... J'veux... 'core...

Secoué d'un bon rire, il précisa :

— 'tention, j'flanque 'core une tape !

Et sa dextre se leva vers le ciel pour retomber sur des chairs tendues.

Un cri jaillit dans les ténèbres :

— En voilà des manières !

Le timbre de la voix était changé, l'accent différait, Caramel fut estomaqué :

— Faites excuse, j'croyais qu'c'était l' croupion d' l'aut' dame !

Vraiment il ne comprenait plus rien ; pourtant, il n'avait pas ainsi l'habitude de se tromper.

Curieux, il avança le nez et proposa :

— Dites donc, p'isque vous avez pas d'chemise ?...

Une plainte sourde fut l'unique réponse. Alors, il ordonna le verbe grave :

— Bouge pas ! On s'en va au paradis.

Ils firent comme il le disait. Puis Caramel, goguenard se vanta :

— Hein ! J'suis tout d'même un as !

Personne ne répondit, devant lui l'obscurité était retombée complète. Il s'étonna :

— C'est comme ça qu'on dit merci ?

Il avança deux mains tâtonnantes, et ses mains tâtonnantes rencontrèrent deux tétons frissonnants.

— Oh ! m'sieu ! se révolta un timbre suret.

Cette fois le dragon faillit s'évanouir : la voix avait encore changé. Il toucha son front, son nombril, son orteil droit afin de se rendre compte qu'il était bien éveillé. A cela aucun doute ; il était peut-être très saoul, mais à coup sûr pleinement éveillé. La voix répéta :

— Oh ! m'sieu... vous m'avez manqué de respect !

L'évidence le rendit honteux ; il se rapprocha et s'excusa de son mieux, par des gestes furtifs, caressants. La voix devint plus plaintive:

— Oh ! m'sieu !... Vous m'manquez toujours de respect.

Il rugit :

— C'est vrai, ça ! Bouge pas !

La voix remercia :

— Oh ! m'sieu !... Vous m'manquez plus de respect !

Il fut content, la dame aussi. Il faut quelquefois peu de chose pour satisfaire son prochain.

Cependant, des ombres nues erraient par le couloir sombre. Il y avait d'abord mistress Brickshole qui remerciait tout bas les mânes de ses ancêtres :

— Oh ! Got ! J'en ai jamais tant vu !

Il y avait aussi la comtesse de Presfez qui gémissait :

— Je sens un petit vent coulis qui me pénètre et me ressort entre les dents !

Enfin, madame de Lamottemoussue, s'en allant sur la pointe des orteils, en se disant :

— Si mon mari, m'voyait il prétendrait encore que je le fais cocu ! quand je recherche seulement ma chemise.

La situation ou en conviendra devenait tragique, quand madame de Presfez eut une idée sublime. Gagnant la salle à manger, elle sonna et Victorine guillerette accourut. A la vue de sa maîtresse toute nue, elle conserva ce flegme respectueux des serviteurs ayant du style :

— Madame désire sa chemise ?

Madame acquiesça d'un signe, puis tout bas, en rougissant un tantinet, expliqua que le tout devait se trouver dans le petit salon. Victorine se précipita, bouscula Couleuvrine, monsieur de Lamottemoussue et dextrement s'empara d'un tas de vêtements gisant sous le sopha. Elle se sauva, mais dans le couloir sombre, elle se buta à une nudité. Ingénue, elle crut que c'était là sa maîtresse respectée :

— Tenez madame, voilà votre chemise, affirma-t-elle.

— Oh ! merci ! susurra un timbre sourd.

Le paquet changea de mains, puis croula sur le sol, tandis que la soubrette s'enfuyait. Or c'était par hasard, madame de Lamottemoussue qui avait reçu les bienheureux vêtements.

Assurément, elle trouva sans peine une chemise, un pantalon, en un mot tout ce qu'il faut pour se vêtir. Et sûr d'elle-même, elle se prépara à rentrer au salon, abandonnant sur le parquet un reste superflu.

Mais mistress Prickshole errait par là. Son pied heurta de la soie. Elle soupira :

— God gracious ! c'est mon vêtement !

Très vite, en sportwoman, elle s'habilla et

heureuse se dit qu'elle allait au salon, faire une entrée naturelle, candide même.

Cependant, madame de Presfez abandonnée en la salle à manger se morfondait :

— Que fait donc cette fille ? grommelait-elle, injuriant en termes de bonne compagnie, Victorine innocente.

Lassée, elle sortit, et la démarche timide s'en fut le long du couloir. Sous ses pas, elle rencontra un tas de choses floconneuses. Une moue gentille plissa ses traits :

— Cette Victorine est bête comme une oie grasse !

Néanmoins, trouvant sous ses menottes une chemise légère, un pantalon parfumé, un jupon froufoutant, elle se vêtit sans arrière-pensée.

Dans le grand salon, ces messieurs étaient réunis, le professeur de philosophie ne dormait plus, la chanoinesse ne chantait plus :

— J'ai du bon tabac !

Elle prisait.

L'atmosphère était paisible, le silence reposant et les liqueurs variées.

Soudain la porte s'ouvrit et madame de Lamottemoussue parut. Derrière elle surgit radieuse et souriante mistress Bessie ; enfin calme et souveraine la comtesse de Presfez se présenta.

Le plus vif étonnement se peignit sur les visages reposés des hôtes,

Ces dames ne portaient plus les mêmes toilettes qu'au début de la soirée et madame de Lamottemoussue était en train de suer dans la chemise de mistress Brickshole.

Il n'y eut pas de tumulte on se trouvait entre gens du monde.

En bas, à l'office Caramel expliquait.

— Moi, j'vous dis comme ça qu'vous vous gourez, si vous croyez être chez vous... c'est pas vrai tonnerre, v's'êtes dans un bain turc.

SEPT ROMANS DE MŒURS A L'USAGE DES AMATEURS

Nouveautés sensationnelles

LA COCO A MONTMARTRE, *par René Schwaebelé.* Montmartre ! Ce n'est pas de l'immoralité, c'est de l'amoralité, c'est la débauche, c'est le vice qui déborde, qui s'étale. Un volume d'un intérêt passionnant. Couverture illustrée.

Prix net et franco .... 4 fr. 50

LA DESIREUSE, *par Junia Letty.* — C'est l'histoire du premier amour d'une petite étudiante, c'est un livre que toutes les amoureuses, toutes les femmes voudront lire... et elles auront raison car il est profondément vrai. Couverture illustrée en trichrome.

Prix net et franco .... 4 fr. 50

DE LA VOLUPTE A LA LUXURE, *par Max Riano.* — L'auteur décrit dans ce volume toutes les sensations tous les désirs exacerbés d'une adolescente vierge encore qui petit à petit sombre dans les dépravations les plus inavouables — livre osé mais dans lequel l'auteur a mis beaucoup de talent.

Prix net et franco .... 4 fr. 50

UNE FEMELLE (mœurs campagnardes), *par Raphael Viau.* — Ce n'est plus la Femme, c'est vraiment la Femelle mendiant la caresse du Mâle. Un volume sous couverture illustrée.

Prix net et franco .... 4 fr. 50

LES AVENTURES AMOUREUSES D'UNE PRINCESSE RUSSE, *par Junia Letty.* — Roman vécu où la perversité d'un mari sadique est révélée.
perversité d'un mari sadique est révélée. Un fort volume.

Prix net franco .... 4 fr. 50

LA DIURNE MAGIE, *par René Schwaebelé.* — Tous les intellectuels, tous ceux qui s'intéressent aux mystérieux problèmes de l'au delà devront lire ce captivant roman. **Prix net et franco** .... 4 fr. 50

Adresser les commandes et leur montant en timbres, billets ou mandats au Directeur de La Librairie des ***Editions Modernes*, 84, faubourg Saint-Martin, Paris.**

***Les Bon-Prime de 1 franc seront acceptés à raison d'un seul bon par volume. Deux bons pour deux volumes, Trois bons pour trois volumes*, etc.**

SIX LIVRES DOCUMENTAIRES CURIEUX ET RARES

Traitant des choses de l'amour.

DÉLICES ET VOLUPTÉS CHARNELLES, *par le Docteur Saldo.* — Titres des principaux chapitres: Du Mariage ou accouplement autorisé par les lois. — De la liberté naturelle du choix. — De l'union conjugal au point de vue de la santé. — La nuit de noces. — Hygiène des époux. — Rapports conjugaux, etc., etc. Un volume sous couverture illustrée.

Prix net et franco........... 4 fr. 50

LE TRAITÉ DE L'AMOUR, *par René Schwaebelé.* — Titres des principaux chapitres : De la Femme. — De l'Homme. — De l'amour. — Du Mariage. — Du Cocuage. — De la toilette. — Conseils intimes et sexuels. — Du Nu. — De la Prostitution, etc. Un volume sous couverture illustrée.

Prix net et franco........... 4 fr. 50

LES CHARMES DE L'AMOUR CONJUGAL, *par Raphael Viau.* — Tous les amoureux, célibataires ou mariés voudront lire cette magistrale étude que nous recommandons particulièrement à nos lecteurs.

Prix net et franco........... 4 fr. 50

DANS LES COULISSES DU MARIAGE (Petits secrets d'alcôve d'une femme amoureuse, *par Max Rians.* — Nous recommandons tout particulièrement ce livre à nos lecteurs, ils en retireront d'utiles enseignements. Prix net franco........... 4 fr. 50

DES BAISERS, DES CARESSES, DE L'AMOUR ! *par Georges Chanroseg.* — C'est une véritable encyclopédie amoureuse, tout ce qui concerne l'amour y est dévoilé. Prix net et franco........... 4 fr. 50

L'AMOUR SANS DANGER, *par le Docteur Saldo.* — Le célèbre volume du docteur Saldo dont cent éditions n'ont pas épuisé le succès. Envoi discret.

Prix net et franco........... 5 fr. 50

Adresser les commandes et leur montant, en billets, mandats ou timbres au Directeur de La Librairie des Editions Modernes, **34 faubourg Saint-Martin, Paris.**

Les Bons Prime *d'un franc seront acceptés à raison* **d'un seul Bon par volume.** *Deux bons pour deux volumes, Trois bons pour trois volumes, etc.*

Ce fascicule renfermant **1 Bon Prime** de **1 franc** remboursable en marchandises est vendu fermé pour éviter la perte du dit Bon.

www.ingramcontent.com/pod-product-compliance
Ingram Content Group UK Ltd.
Pitfield, Milton Keynes, MK11 3LW, UK
UKHW021516260726
13993UKWH00004B/1704

9 782329 206424